新・志斐がたり

大下宣子歌集

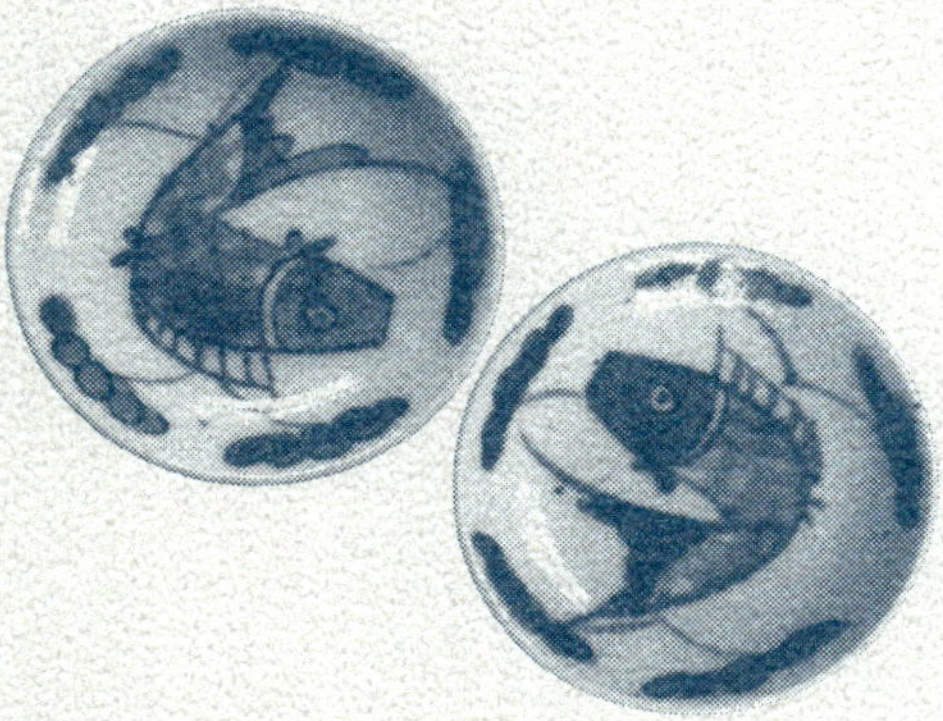

砂子屋書房

＊

目次

Ⅰ　二〇一三年

Ⅱ　二〇一四年

V 二〇一七年

Ⅵ　二〇一八年

装本・倉本　修

歌集　新・志斐がたり

〔第三歌集〕

I

二〇一三年

残酷少女

わが出自問はるる度に浮かび来る言の葉一つ「靖国の遺児」

生産者の欄に姉の名書きてあり道の駅「なぎさ」に並ぶ鬼灯

吾に代はり養女にゆきし姉博子の農に励みしひと世をおもふ

烏貝も容易く藁に食ひつきてものみな飢ゑしか戦後貧しく

石投げて谷の岩魚を殺めたる昔の吾は残酷少女

わが裡に棲みて離れぬ人の名を呼びたきおもひ抑へて眠る

「この色は飛驒に育ちし吾の青」と友は指差すその絵の空を

代情房子さん

ペルーにて二年暮しし友の絵に駆けるアルパカ羽ばたくコンドル

グラウンドを走る少女に重ねみる恋など知らぬ吾のむかしを

用務員泣かせの秋だと校長は栃の大樹の黄落を差す

「木曾の御嶽」「加賀の白山」半分は飛驒だと言ふのに嗚呼それなのに

父に灰皿、母に石鹸

「無」と刻み己の墓を建てしと言ふ銀行のロビーに遇ひし義兄は

干し柿を紐より外して食べる時眉無き祖母の鉄漿《おはぐろ》よぎる

「ぬるめの燗」「柳鰈」と言ふ人の傍らにゐて弾む冬の夜

マニ車のごとく廻しし地球儀に「第三の極地」と呼ぶヒマラヤ捜す

ああここは新宿西口、青空と黄金の銀杏と発車待つバス

十二粒の黒豆口に放り込む孫景虎《かげとら》の「寿」の箸

とりあへず公務員にと答へたる男子景虎十二歳の夢

平凡な夢を夢だと言ふ孫に洗脳せしは嫁か愚息か

王になり乞食になりて有為転変知りしか孫はゲームマシンに

ヒトラーの如き目をしてキイを打つ孫はマシンに何操るや

伴ひし京都の旅に孫は買ふ「父に灰皿、母に石鹼」

「願ひごといつぱいしてから食べてや」と錦市場に鯛売る男

御神籤は引かずともよし亡き夫が子に授けたるその名「大吉」

はぐれ者なし

鬼も十八番茶も出花のわが孫は「ナウ新宿」とメールに笑ふ

フランス文学学ぶといでし東京の孫のメールは恋とバーゲン

新体操の講師のバイトをせし孫の時給はなんと二千五百円

「二歩ばかり下がつて笑つて真つ直ぐに」雑誌の取材は吾には苦痛

数ふれば雄鴨も雌鴨も七羽にて今朝の流れにはぐれ者なし

出掛けむとして見る空に「眉はかく描け」と言ふがに眉月光る

貸し出され首都東京に鎮座する飛騨の仏に逢はむとわが行く

円空仏《えんくさま》不在の伽藍の大屋根に「雨水」の雨が音たてて降る

円空の自刻像といふ「鬢頭蘆像《びんずる》」は父祖らに撫でられ脂に光る

「風のごとく訪れたまへ」の添へ書きに弾みて廻る君の花の絵

落ち込む夜更け

バルコンの椅子に凭れて目覚むればこの世は春なり蝶二つ飛ぶ

黄の蝶は輝くばかりの羽ひらく追従せむか私も少し

猩々袴は田を打つ目安となりし花ままごと遊びの具となりし花

「高い山」うたひて過ぎるその山車に笛吹く孫と綱引く子あり

杖をつき昔小町の姉が来るボブの白髪風に梳かせて

花見二度、宴三度をこなしたる四月半ばの私の臓腑

イギリスのエッグスタンドとジャムポット物言ひ妖しき子の荷より出づ

やはり独りは可哀相だと子に言はれさうかも知れぬと落ち込む夜更け

氏神の例祭用に仕込みたる鬼も酔ふとふ濁り酒呑む

もはや鬼など怖くはないぞと嘯きて地より吹き出す湯に浸りたり

あはれぞ恋は

「大空の飾り花」といふ雲浮かびしばし子羊しばし飛魚

「粋な酒飲ませてくれ」とわが歌集の出版パーティ君はうながす

「愉快でした」と結びし手紙に書きてあるわが歌三首なるほど愉快

ミーハーを子は厭ひしか行く先を「スカイツリー」ともの憂げに言ふ

観光に縋りて生きるわが町に少し手痛き東京ブーム

味噌買ひ橋、中橋、鍛治橋、寺内橋、リヤカーを引く夫のまぼろし

寡婦の恋、人妻の恋、猫の恋、蔑むなかれあはれぞ恋は

水田はものみな逆さに映しをり生まれ在所の杉の木立も

一つ卓挟みて向きあふ宴なり小さき烏賊を酒の肴に

磔刑のイエスの貌が重なりぬ「メシア」と慕ひし君の苦悶に

不動なる写真の夫に会釈しぬ雨降る街に人と逢ひ来て

友の造りしどぶろく呑みつつおもふなり女は強し寡婦はさらなり

「沈黙は金」を地でゆく亡き夫の二十歳の写真の物言ふその目

寒山拾得

往年のクライマー君も声をあぐ槍ヶ岳を穂高岳を指呼の間に見て

乗鞍岳行

「雷鳥」と君の声して振り向けば瞬時に消えしか這松ばかり

お花畑に見知らぬ人ら行き交ひてやさしき面輪に駒草を指す

流れ流れて今は雲上ドライバーとジョークを飛ばす靴屋のシゲさん

この墓に夫のみ骨を収めしは精霊バッタのとびゐし昔

お似合ひですぴつたりですと声かけて「スタッフ急募」の店にシャツ売る

「吉兆さん」「神田川さん」も来るといふ料理人従兄弟の叙勲パーティ

隆盛を極めし男の名に惹かれ「出席」と書く返信葉書

「何を着ても許される九月は乞食月」とカラカラ笑ひし母のまぼろし

掃き寄せし落ち葉を焚きて芋を焼く住持はさながら寒山拾得

大下一真氏

II　二〇一四年

わが影

非武装の吾の頭を刺しし蜂よ不意なる仕打ちはお前の得手か

一すぢの白髪も許さず染めし吾の黒髪好みて刺ししか蜂は

刺してなほ髪に留まるスズメバチを素手に摑みて投げ飛ばしたり

吾を刺せと蜂に命じしは誰ならむ頂門目掛けて刺せと言ひしは

刺せば死ぬ因果応報受け止めし蜂の骸に秋の陽が差す

蜂に刺されし恐怖は吾にとどまりて羽音響けば身を構へたり

わが影はゼブラゾーンを過《よぎ》りゆく折々人に頭を踏まれて

預金通帳五冊を入れしポシェットの膨らみもあり今朝のわが影

わが影の一部となりて揺れてゐる右手に提げし地酒一升

光源を遮りて得しこの影は吾の鋳型か踏んばりて立つ

うつつ世に須臾うごめきて去りにけり撫で肩猫背のわが夫の影

ちちははの命を受け継ぐこの影はまだまだ生きむと魚買ひに行く

土の兵士

「性フェロモン使用」とありて戸惑ひぬ友より届きし林檎一箱

甘い甘い蜜を含みし「性フェロモン使用」の林檎にまた手が伸びる

仮病にて学校休みし日の暮れに丸ごと齧りし林檎「紅玉」

「夜の林檎は鉛」と聞きしに敢へて食む人恋ひしくて口寂しくて

ラブストーリーのめでたき結びに嫉妬してぐいつと呑み干す林檎酒《シードル》一杯

シードルに酔ひて眠りしかの旅に傍らにゐし君のまぼろし

軒下に冬に焚く薪つみ上げて父は征きたりかの「墓島」に

ブーゲンビル島

「父は此処」と姉の指さすうつしゑにセーラー服の水兵並ぶ

道具屋に土の兵士を漁る吾のあやしき嗜好を笑はば笑へ

まぼろしを追ひて求めし数十体の土の兵士は父の形代

日の丸の旗振る少女も大将も歩兵も等しき土の人形

右傾化も秘密保護法も宜へず道具屋に買ふ土の人形

爺様を真似て

銀行の「預金お預け票」一枚失敬して書く歌ひらめきて

逃げ出せばすぐ捕まりしといふ「飛驒貌」の裔なる吾か律令の世の

徭役に耐へかね逃げし祖を想ふ秘密保護法罷り通りて

「長《おつさあ》よ嬶《かか》まは元気《まめ》か」と夜の闇に呟きてみる爺様を真似て

五平餅と岩魚の塩焼き食みながら密度増しゆくわが飛驒訛り

塩焼きの岩魚の串に刻まれし「飛騨」の字なぞるわが太き指

「亭主より山の鴉が可愛い」と女《をみな》は語る寡《やもめ》の吾に

その夫の好む鶏の胸肉を鴉に与へて晴るるか憂さは

愛恋のこの地獄より逃れむか吾も可愛いカラス見付けて

網投げて人より可愛いカラス捕る夢より醒めて君を恋ふなり

「大下ヒュウ」の名札をつけし家猫は餌を食む外猫「リン」を見てゐる

定位置に定刻に来て餌を食む猫の単純真似て生きむか

異界より戻りしごとく過りゆく赤き首輪の嫁の愛猫

再婚

無害なる大嘘一つつかむかと朝より気負ふ四月一日

万愚節にわがつきし嘘「再婚」は朝の茶房の空気を乱す

吐き捨てし嘘に疲れて巡る庭に白き初蝶ひらーりひらーり

大屋根より睨む魔除けの鬼もゐるカメムシもゐるわが山の家

スペインの古井戸の枠庭に置き胡蝶菫の花の鉢吊る

ラブチェアー置きし庭の辺明るくて浮かれつつ踏むワルツのステップ

「灼熱した生殖」と言ひし基次郎をおもひて仰ぐ万朶の桜

梶井基次郎

異性への情熱こそが命綱と言ひて逝きたり渡辺淳一

失くしてはならぬは艶《つや》とおもひつつ捨てむと決めぬわが恋一つ

わが怒り凌ぎてどろどろ響くなりカミナリ様は雹を降らせて

散る花と夕日の中に鎮座して吾を見下ろす狛犬二つ

袢を着し子を見むと吾は待つ祭列迫る桜の下に

机上の模写

堀江敏幸に遇へるかも知れぬと言ふ花菜《かな》とカフェ「ぶらじる」にコーヒーを飲む

売られ来し哀れさ少し漂はせ五冊単位で括られし古書

鄙になき喧騒求めて彷徨ひし古書街に買ふ『ヘディン素描集』

その下にティムールの寵妃の眠るといふヘディンの描きし寺院の丸屋根

現場にて描きしものには敵はぬとヘディンも貶しぬ机上の模写を

わが色を帯びてゆくなり繰るたびに色なき素描に色の生まれて

陽のさして雨降る森の道をゆく婚礼の日の狐のやうに

薄紫のコアジサイを髪に挿す吾を嗤ふかこの狐雨

髪染めて刀自は誰を騙すのかコアジサイの簪などして

亡き母の語りしこれは狐雨ぬれてゆかむか曖昧模糊に

太き尾を激しく打ち合ふ日もあらむ婚儀を終へて睦む狐に

ランダムに蝕まれたる朴の葉の穴より妖しき狐雨降る

のどかな婿殿

欲しいかと問ふ姉ありて欲しい欲しいと言へば酸漿切りて呉れたり

姉の畑見下ろす丘に祖々の墓七つ並びぬ小さく低く

河骨の花咲く池に鯉を飼ひ狸に獲られし姉の住む里

欲しいかと言ひて北あかりとメークイン姉は呉れたり無言の吾に

泣き喚き連れ戻されし吾に代はり養女にゆきし姉は百姓

雨樋に似る樋のなか素麺は流れてきたり浮きつ沈みつ

流し素麺目指して子らと来し谷に「ビール」「地酒」「鮎」の貼り紙

最後尾に座りしのどかな婿殿をおもひて見逃す流し素麺

流し素麺掬ひそこねて笑ふ声ひびく谷間に夏雲の影

昼の酒呑みて寂しさつのりしかポケットに二つ拾ひし小石

Ⅲ　二〇一五年

医学部教授

後生大事に引き摺り上げしわが影は剣ヶ峰山頂の鳥居を潜る

離れぬは美徳なりしか山頂の祠の絵馬にも雷鳥二つ

ヘッドライト点して君の背を追ひぬ御嶽山の夜の樹林帯

「下《くだ》りの宣子《おのぶ》」と煽てられつつ下山せり御嶽山の敷石道を

イワギキョウの白花みつけて「吉祥の兆し」と騒ぐ君の声する

熊撃退のスプレー身に付けわが友はお花畑をパトロールする

岡山の葡萄とともに届きたり婿の新しき名刺十枚

吾に一枚、遺影の夫に一枚と配分したり婿の名刺を

血液浄化のエキスパートとなりし婿は晴れて今日より医学部教授

身の処し方問ふ婿殿に吾は言ふ「稔るほど頭を垂るる稲穂」たれ

婿の名刺を夫に供へて語り出す吾は浄瑠璃太夫の如く

三味線の伴奏も無きわが声は遺影の廻りに漂ふばかり

評伝『バルテュス』

この宿も「うなぎの寝床」か間口僅か二間を潜る鰻のやうに

「片泊まりの宿」に少しの荷を預け夕餉をとらむと街に出でゆく

おいでやすおたべやすそしておのみやすわが袖を引く酒房のサイン

この堂宇に掲げられたる「歳祝」茶寿百八歳は寿命の極みか

『私はなぜ書くのか』といふタイトルは即捉へたり物書く吾を
マルグリット・デュラス

長柄なる鎌の刃に似る面影を偲びて『評伝バルテュス』を読む

雪に傾ぐ欅の松の下潜り鎮守の杜に辿り着きたり

係累を捨てたき思ひふと過る雪凌ぎ立つ大樹に触れて

恋の欄以外はさらりと読み流し御神籤一枚榊に結ぶ

「紅一点」と刀自吾を呼ぶ男らと白馬の山をスキーに下る

往復六時間滑降一時間の日帰りに友らは目論む夜の宴を

「実年齢の七掛け」といふ吾らゆゑ酒盃を干せば嗚呼血が騒ぐ

銘酒「立山」

「前期」「後期」と老いを括りし為政者の無粋にしばし抵抗せむか

雪を被り俄かに太りし山に来ぬ刀自なる吾はスキーを担ぎて

リフト券「グランドシニア」を購ひて白馬五竜をスキーに下る

プラスチック劣化の恐さを知りながらそのスキー靴まだ履く吾か

桃色のスキーウェアー身に纏ひリフトに仰ぐ山の青空

スキーより戻りし吾の夢に来て僕だと囁く夭折の夫

微塵切り輪切り乱切り銀杏切りさていかにせむ俎上の鯉を

調理人とお毒見役を兼ねて立つ貴人のごとき孫らの為に

ハラグロといふ魚のあらばと思ひつつ祇園の酒房にノドグロを食む

白魚の寿司を食みつつ独り呑む枡に溢るる銘酒「立山」

商談の成立したるその後に「敷物は別」と道具屋は言ふ

乗りたき車

街角に祭り提灯点されて揺れつつ浮かぶ「美明火」といふ文字

男衆は蔵に籠りて酒を呑む雨に動かぬ山車を眺めて

祭り区域の四つのわが店巡りたりつり銭あまたバックに入れて

丈高き異国の女《をみな》を意識して街路に己の胸張り直す

「特大は凡そ三名」祭礼の衣裳係のわたしの見立て

特大の祭り衣裳の軽衫《かるさん》を俄かに太りし子の穿きてゆく

「加害者になりかねぬ齢《とし》」と威されて運転免許の更新をしぬ

ジグザグをS字カーブを無事こなしシルバーマークを獲得したり

三年後の認知度テストを予告され不意に浮かびぬ時計の針が

三年後の生死は不明と囁けど乗りたき車の二つ三つ在り

ウッドデッキの椅子に寛ぐわが前を去らぬ鴉は夫の化身か

飛び来たる山の鴉を相棒に吾は十八番《おはこ》の妄想紡ぐ

哀しき恋

子の買ひし一升瓶の酒を呑む吾は折々「母」を翳して

僅かなる差異を競ひて子と孫が六尺近きその背を伸ばす

猫もゐる梅の実漬け込む嫁もゐる無聊を託つわが傍らに

腹八分を越ゆれば俄かに作動する後頭部左の痛点一つ

腹八分の掟破りし頭痛かと飛騨牛食みつつひそかに思ふ

満腹と頭痛の因果を子に問へば「もはや末期」と酷なる応へ

神楽坂の酒房を出でてコンビニに夜のとどめの濁り酒買ふ

「わが母にあなたは似てゐる」唐突な囁きなれど母ゆゑ弾む

何ゆゑに君は視線を逸らししか吾に問ふべき用件なりしに

笹飾りに吊られし二つの紙の星見しのみに過ぐ今宵七夕

卑俗なる言葉をあびてうつつより消えたき思ひに吾はのたうつ

「人妻」の隠れ蓑着て茶化すなよあるやなしやの哀しき恋を

河内山

「猫に小判」「豚に真珠」と心得て夏巡業の歌舞伎見にゆく

ぎこちなく「はの四十」に身を沈めオペラグラスに「河内山」見る

茶坊主の纏ふ衣の緋の色は舞台を一つに統べて輝く

夏巡業が好きだと語る橋之助なれど四十一回の繰り返しは酷

「河内山」に漲る悪にしばし酔ひくだけてわが飲むソルティードッグ

「河内山」の台詞を真似て「馬鹿めー」と一喝せむかきな臭き世を

髪梳きて森に茸を見にゆかむ雄の匂ひする白鬼茸を

その胞子守らむとして傘をさす茸に敵はぬ吾の雨傘

裏山に「茸の円環《フェアリーリング》」を見し日より直ぐなる道を歩めぬ気配す

長雨の沁み込みし土を蹴破りて毒茸あまたその背を伸ばす

「死の天使」「破壊の天使」などと呼ぶ毒鶴茸《どくつるたけ》の何気なき貌

大根と共に煮付けしこの茸を「太鼓《たいこ》の撥《ばち》」と呼びてゐし母

Ⅳ 二〇一六年

鳴呼走りたし

「水の山」とガイドの語る御嶽に神の手のごと瀑布ゆらめく

滝壺を瞬時弄り飛び出だす水の粒子にわが身を浸す

熊除けの鉦括られしその杭は吾の殴打に耐へて立つなり

橋在ればば揺らしたくなるわが性を抑へて渡るをみなのかたへ

楢林抜けし明るき湿原に「どんびき平」の看板が立つ

御嶽の谷の狭間に縺れ合ふ蝶を妬みぬわが寂しくて

体の左に自転車寄せて曳く君の少しあやしきバランス感覚

君は右、吾は左に別れたりスキーにゆかむ約束をして

「アッシー君」と呼ばれてもよし君ならばわが車にてゆかむかスキーに

弾力の失せし心をひるがへしゆかむかスキーに神話の山に

老いたれどパンのみにては生きられぬ涸れぬ吾なり嗚呼走りたし

見透かせば冬の日射しに泪溜めスキー靴履く老軀が二つ

智拳印《ちけんいん》のポーズ

チアシードの種の芽生えてテラコッタの山羊は緑に覆はれて立つ

背に草が生えて「もこもこ山羊」となる素焼きの山羊の楽しき変異

落剝の激しき異国の絵皿売る「これも景色」と詭弁弄して

店番に竹笛少し吹いてみる逢瀬の夜の路地裏おもひて

イラン硝子のランプ点して店に読む千夜一夜の恋物語

寂しさを十八番のごとく託ちつつ門外不出の恋を抱きぬ

「雪の降らぬ冬は無気味」と言ひ交はす飛驒の女《をみな》は用心深くて

背に二つ子を負ふ陶の置物の蛙は睨む雪無き庭を

日輪を光背と見做して吾は立つ智拳印《ちけんいん》のポーズをとりて

陽に向かふ花芽のごとく伸ばさむか得体の知れぬ私の芽を

暖かき光の所為で咲く花に「狂」の文字などつけてはならぬ

畳みゐし翼をひろげて滑らむか天馬のごとくスキーに乗りて

『飛驒短歌』三百冊

孫花野《はなの》のホームステイ先を訪ひし日のメルボルン市は快晴なりき

ヒッチコックの「鳥」おもはせて屯する白きオウムはユーカリの木に

ダンデノン丘陵

「トーマス」のモデルとなりし機関車に乗りてわが行くユーカリの森

パッフィンビリー鉄道

「美しく大きなものは雄である」異国にて聞く概念一つ

喜望峰に続く海なりこの浜のわが足跡を浚ひし波も

「さあこれが最後の晩餐」メルボルンにうから揃ひて乾杯したり

おふくろの言霊《ことだま》潜むと友の言ふ『飛驒短歌』三百冊譲り受けたり

『飛驒短歌』三百冊に探らむか吾に繫がるうたの系譜を

浅田肇氏

歌の中の「子」は私だと白髪をかき上げながら友ははにかむ

啄木を扶けて最後を看取りたる医師柿本は高山の人

「角正」にて釈迢空をもてなしし楽しき夜のあり飛驒のむかしに

昭和二十六年十月

沼空の随伴者なる女人の名記されてゐたり紙魚棲む歌誌に

癌を疑ふ

戦にて夫失ひしわが母も雛飾る日は楽しげなりき

壇上の女雛男雛になりかはり白酒二本飲み干しにけり

人ならば卒寿を迎ふる山の家に雪洞点して白酒を呑む

貸布団七人分を手配して東京より来る孫の友待つ

東京より来しをとめらと囲炉裏火に雛に供へし菱餅を焼く

囲炉裏辺の嬶座に座りて下戸なるに夜ごと手拍子打ちてゐし母

医者に行け医者に行くのが一番と子も友も言ふ声出ぬ吾に

医者嫌ひ権威嫌ひの頑固者「死んでもゆかぬ」と呟きゐたり

俗説に縋りてひそかに今宵飲む咽に良しといふカリン酒一杯

ＣＴの画面を示して「この部分」と癌を疑ふ咽喉科の医師

わが肺の左右の影を指摘する石のごとき表情の医師

山手線に乗りて二つ目原宿で降りてねといふ孫のメモ読む

「遺言者大下宣子」

「宣ちゃんが癌だなんてショックだ」と落ち込み激しき和田操さん

新鮮な空気を肺に吸ひ込めと深山に採れし姫竹届く

大皿に盛られて届きし味飯を匙で崩せば木の芽が匂ふ

「ステージ4」と告げしに「貴方の妄想」と打ち消す友も観音菩薩か

妙薬にならぬものかと裏庭のビックリグミ食む熟れし一粒

心まで病みはしないと呟きて君を思ひぬ夜のしじまに

「遺言者大下宣子」と記したり猫一匹と灯の下にゐて

一代にてわが蓄へし財なれば盗賊のごとく分配せむか

カフェ用のチーズケーキを試作せし子は食めと言ふ臥しゐる吾に

「バアバから飛び出す言葉が好きだよ」とロンドンからの菜摘《なつみ》の便り

まぼろしの皿に載せられ届きたるメインディッシュのごとき言の葉

江夏美好、早船ちよより鋭しと褒められながら嗚呼死なむとす

よき歌一つ

「四《よん》」の字の音韻を「死」に重ねたる吾はおろかな飛驒びとの裔

個室希望曲げぬ吾ゆゑ癌なるに産科病棟の片隅に臥す

「うぶ声」といふ特殊なる声ありて蟬鳴くごとくはげしき今宵

癌に臥す媼となりて生まむとす嬰児《みどりご》に似るよき歌一つ

あれも駄目これも駄目だと縛られてわが妄想は膨らみをます

母も兄も癌にて逝きしにその墓に生かしたまへとわが祈りたり

雲に似る病根抱きて遊ばむか『雲の図鑑』を今日は拡げて

果物の甘味や酸味が咽を射すと詠みし春日井建を肯ふ

「小躍りをしたくなるよ」とわが受けし抗癌剤の効き目を子は言ふ

表具屋に表装たのみし君の書は掛け軸となり仏間を飾る

「多ク採リコレヲ摘メ」とふ書の意味をおもひて眠る秋めきし夜

失恋せし男のごとく去りにけりわが臥す窓に触れし蜻蛉は

V　二〇一七年

バスに乗る君

「仕入れ値は零《ゼロ》」と店主は胸を張る拾ひし木の実をあまた並べて

原価計算不要と言へど澄みし目に拾ひし木の実はわが心引く

「生きよ」と言ふ心遣ひか春祭り見たしと告げてバスに乗る君

今生の別れになるとは思はねど心を込めて吾は手を振る

木の枝を削りて作りし菜箸《さいばし》を買ひて待つなり春の祭りを

投げやりな思ひを捨てて先ず生きむ赤きキャロットのジュースも飲まむ

葉柄とともにわが肩掠めつつ「お先に」と散るマルバマンサク

暴君の愛でし寵姫の物語ひらきて挟む落ち葉いろいろ

筋雲に似てゐる吾の癌の巣を夢に悟空が吹き飛ばしたり

アフガンの絵皿に拾ひし葉を載せて「夢の果実」と娘は笑ふ

天井に届かむばかりの樅の木を子は買ひて来ぬ臥すわが部屋に

四十三歳となりしに童心失はぬ男《をのこ》はわが子ツリーを飾る

君身罷りぬ

「柔らかき思考のゆゑか」とわが詠みし柔らかき掌《て》の君身罷りぬ

絵師図案家玉賢三氏

「天才と呼べる唯一の人だつた」酒房に響く君しのぶ声

これは絵だ写真ぢや無いと見定めて苦しくなりぬ真の写実に

捨てたりと思ひし恋の諸々が残滓のごとく蠢く今宵

癒えぬ身を鼓舞して出しし「御礼」にものや思ふと君の問はずや

オブラートに包みくれしか娘《こ》は語る四緑木星のわが星よしと

「母さんの癌が治れば他はよし」子の発声に吾も乾杯す

山の家にひとり起居して省みる「癌」に甘えし日々を怠惰を

山用のステッキなれど杖は杖、縋るものなき私の具足

恋神籤と普通の神籤の箱並び瞬時迷ひぬいづれを引かむ

引き当てし恋の神籤は愚弄せり「同時に想ひを寄せられ迷ふ」と

毒をもて毒を制して生きて来し一人か吾も味覚も狂ふ

江名子蓑《ばんどり》

取材する君に誘はれいでて行く二十四日市の蓑《ばんどり》売場に

回し者の「さくら」のやうに暫し立つ翁が売り子の蓑売場に

見本にと翁が羽織る「ばんどり」*に泥田を這ひし祖の影よぎる

*ばんどりは蓑のこと

「さくら」なる使命を忘れて吾は買ふ翁手製の「江名子ばんどり」

用の美の失せし「江名子蓑《えなこばんどり》」は釘に吊られて過去世を語る

宮笠《みやがさ》に江名子蓑廃れたる昔の雨具をわが護符とせむ

「人工知能も倫理守つて」の記事を読む一病を得て昼を臥す日に

うつつ世の構成員の一人ならむ随所に動くロボットそれぞれ

傍らに本読むロボットのあらばよし時には泡盛飲みてうたひて

ロボットのペッパー君を贈られてサウジの王の双眸光る

右の窓が開いたままだと電話あり駐車場の管理人より

「竹《ちく》夫人」の如きロボットに抱かれて灰になるまでいやさむか性

「安里屋ユンタ」

肉厚な葉を持つ那覇の街路樹の名を知りたくてアイホン探る

のびのびと心のままに歌ひたる「島唄」はよし海よ空よと

首里城の石畳にて口遊ぶ母の十八番の「安里屋ユンタ」

友に子に君にそれぞれ購ひし泡盛包むプチプチシートに

魔除けなるシーサー買はむとわが巡る「やちむん通り」に春の雨降る

何事もなきがに晴るる那覇の空に怪鳥に似る機の影一つ

「午後七時、夕餉饌祭《ゆうみけさい》」と打ち込みぬ手帳代はりのスマホの「メモ」に

幼な日の闇に響きし太鼓なりいま神殿に聞くこの音は

『お狐さま』といふ小説にわが書きし水無神社の太鼓の響き

戦にて餓死せし父の擬態かとおもひて抱きし水無の大杉

杉の実を口に含みて飛ばしたり何か撃ちたき幼きむかし

祭列の露払ひなる鬼の来て吾に囁く「長生きせよ」と

神の鈴

腰蓑に風折烏帽子「宮内庁式部職鵜匠」舳先に動く

篝火に薪を足すたび火の粉散り焦げ痕目立つ鵜匠の漁服

吐き籠に鮎を吐き出し潜る鵜を見つつもの食む鬱を病む子と

両岸の灯り消されし束の間のいづれがシテか鵜匠と鵜と鮎

半月に寄り添ふごとき星一つ仰ぎて鵜船に人を恋ふなり

「夢の薬《オブジーボ》」の点滴受けし二日後の鵜船に遊ぶ私のうつつ

料亭の門前払ひに似て非なり「一見さんお断り」といふ特権医療

「処女の血を貪る」といふ見出しありて雑誌に蔓延る「癌」といふ文字

「花はすべて食べられます」とのメモあれど食指を拒むフラワーサラダ

神の鈴振りて快癒を祈るといふ人にこたへて生きむか暫し

昴ぶりて酒など注ぎし夜のありき更紗模様の帯など締めて

「あの時についてゆけばよかつた」と呟く友に相槌を打つ

夢の薬《オブジーボ》

朝いでて夜は塒に戻るのかいまも知らない蝶の生態

烏揚羽と呼ばれし蝶は羽に持つ神の意図めく瑠璃の斑紋

岐阜蝶の餌《ゑさ》とのみ知るカンアオイなれど君と共に見し草

「好色のアゲハ」と名付けし蝶を待つゼラニウムの花あまた咲かせて

もつれ合ふ蜆蝶を目で追ひぬ追ふ人もなきうつつおもひて

泥の池に誘ふごとき蓮なれど蕾慎まし擬宝珠に似る

八回目の点滴終へし抗癌剤「夢の薬《オブジーボ》」は何故吾に効かぬか

オブジーボを断念せよと医師は説くまだ二つ三つよき手もあると

高価なる薬に抱きし幻想の崩れてひとり虫の声聞く

「金輪際御免蒙る」と嘆きたるかの日と同じ検査始まる

苦闘せし医師は六人内視鏡を肺まで通す咽の道細くて

ドクターヘリの手配寸前だつたよと婿殿は言ふ血を吐く吾に

Ⅵ　二〇一八年

栗色ウイッグ

墓前にて婚の歳月語りたり彼岸の風に背を撫でられて

夫の墓の建立者なる吾の名は「嫁がぬ」といふ朱の色保つ

何一つかくしごとなど出来ぬほど晴れしお山になほ君を恋ふ

「ホダカ、ヤリ、スゴロク、カサ」の音声を「セツメイフヨウ」と茶化す山姥

鮎一尾朴の葉に載せ友は来ぬ五〇六号のわが病室に

背負はれて赤児の吾の聞きし歌は若き寡婦なる母のつぶやき

コスプレの気分に選ぶ帽子なり癌にて失せし髪の代替

ハロウィンの今宵ひそかに出掛けむかターバンに似る帽子被りて

「堂々としてゐることが肝心」と娘の勧めし栗色ウイッグ

最大の恥部のごとくにわが隠すひたすら隠す髪失せしところ

死に近き女の声は風に乗る色付く山をことさら褒めて

子の御籤「線三本」は「吉」にして稲荷神社に胸撫で下す

命の担保

吾に無き太き声帯ふるはせて古屋の屋根に鴉が騒ぐ

わが命の担保のごとく土に埋め春を待つなり球根あまた

予約せし「ジーラスタ皮下注」打ち終へてノルマを一つ果たしし思ひ

あなたとは共に生きる定めだと語りかけたり画像の癌に

髪抜けて土筆のやうなるわが頭見つつ老尼の寂聴おもふ

ヨーグルトと干し柿一つに救はれぬ食欲の無き師走の六日

卓上に並べしかるたに注がるる常より光るうからの眼

割り当ての読み札こなしし景虎《かげとら》も身を乗り出しぬかるたの上に

ペナルティー科されてもよし譲るまい、伊勢、赤染衛門、紫式部

赤裸々にむかしの女《ひと》の詠みしゆゑか「この歌好き」と娘ささやく

「邪魔の入る懸念のあり」と書きてあり癌病む吾の御籤の「恋」に

わが町の三悪女の名を言ふ吾に「他にも居るよ」と君は呟く

人の選別

高齢者の誇りを無視せし認知度のテストの案内ひそかに届く

運転免許証更新

認知度を三段階に選り分けし果実の如き人の選別

骨折せし不運を嘆けば「土用に土弄りし所為」と子は易を説く

暁闇に浮かびし一つの面影に縋りてゐたりメシアか君は

四月より大学生の景虎は特訓されてキャベツを刻む

進化論おもひて孫の景虎の長き手足に見惚れてゐたり

「春一番イコールやまじの風」と言ふ次女は讃岐の土着のごとく

「やまじの風」の経路辿ればみなもとは名のみ知りたる伊予の山々

伊予、讃岐、阿波、土佐などと指に折り病みて触れ得ぬその春おもふ

「そんなこと知つとるけん」と言ひ返す女孫《めご》の花菜《かな》は讃岐の生まれ

「黍、蓬、粟、食紅に素の白」と五色の菱餅搗きくれし母

手に触れて鏡に映して確かめぬ失せたる髪のいま生え初めて

碧眼の夫婦

瀬戸内の潮引き入れし濠に棲む黒鯛、真鯛、鯔、鱸、河豚

潮満ちて開く水門指さして船頭は言ふ「この濠も海」

わが投げし餌を呑み込みて潜りゆく真鯛は木船を少し揺らして

柄杓にて手に水かけて碧眼の夫婦は札所に何祈りしや

坂出の塩田長者の屋敷にて長者の妻なる妄想抱く

人を恋ひ揃ひのグラス買ふ癖の復活したり旅にしあれば

「咳をしても一人」と詠みし放哉をふと思ひたり一人の旅に

究極は「咳をしても一人」かと思ひて凌ぐ無音の闇を

生まれ日の五月六日に来て歩む京都三条四条に一人

乳母車に犬四匹を乗せて行く若きカップル子は居ないのか

年間に二百四十日の出張をこなしし女《をみな》は私の長女

抗癌剤拒みし吾に婿殿は医師なる見解告げて泣きたり

明日は夫の忌

「爺《ぢい》」と呼ぶ柴犬のゐるカフェに来ぬ木曾の御岳間近に見むと

「あれが煙り」と聞けばさうでもあるやうな御嶽山の今日の噴煙

四十年この世のどこかに潜みゐしその風が吹く明日は夫の忌

少年の如き夫のデスマスク長きわが世を縛りし一つ

「矢張り脳に転移しました」と告げられて「矢張りさうか」と唇を噛む

もう少し増えたら一気に叩くといふ肺より脳に転移せし癌

「谷中の生姜」「にしんの酢漬け」「カルパッチョ」など銀座通なる君のオーダー

「生まれ変はることが出来たら」などと思ふ艶《あで》やかな女《ひと》過る銀座に

枝豆にチーズ小魚ソーセージつまみは同じ銀座も飛驒も

何ゆゑに曳かるる君か分析の出来ぬまま聞く壇上の声

わが肺の癌ウィルスに声を掛く「このまましばらく静かにしてね」と

面の皮厚くなりたる吾なれば人に先駆け「はい」と手を上ぐ

「大事に祈れ」

病院と家とが主なる居場所なりされど今宵は料亭「洲さき」

わが指より器具を外してナース言ふ「酸素の濃度私よりいい」と

抗癌剤は劇薬なりと承知して二十八回となる点滴を受く

当直の医師は癌には無知なりと告白しつつわが咽覗く

「生きることにもう疲れた」と呟きぬ護符と縋りし小仏頭に

ガンダーラの小仏頭に縋りたり「大事に祈れ」の言葉おもひて

万歩計の機能備へし携帯を「見よ」と突き出す翁はわが友

一日に一万歩以上歩くことを己に課して酒呑む翁

山の家のウッドデッキに拾ひたり野分に飛び来し合歓の豆鞘

脳に転移の腫瘍の所為か箸が転んでも笑ひたくなる今日の私

「こけ八」と呼ばるるその夫の採りし茸を友は並べてスマホに写す

今暫し吾を生かせと祈りたり「長寿の水」を一口飲みて

「余分なもの削ぎし感じ」と子の笑ふ癌病む吾のベリーショートヘアー

「これがいい少し笑つてゐるからね」子らの選びし吾のうつしゑ

あとがき

第三歌集『新・志斐がたり』の上梓を思い立ったのは、平成三十年も終りに近い十月末のことであった。

十月二十七日のその日、テレビは、女優の角替和枝さんの死を報じていた。死因は「原発不明癌」とのことであった。

それより、一月ほど前の九月十五日、同じく女優の樹木希林さんの訃を聞いた。乳癌から転移して全身に拡がった「全身癌」だという。

職業柄か、お二人の死は、この世の足跡を、「俄かに消した」という感がした。独特のオーラを放ちながらあっけなく去ったという印象を与えた。ショックだった。

癌を発症して二年半になる私は、「なってしまったものは仕方が無いさ」と暢気に構えていたが、「私も突然消えてしまうかも知れない」という恐怖を抱いた。

二〇一六年の五月、突然声が出なくなった私は、ステージフォーの肺腺癌だと診断された。発見が遅かったので、手術は出来ず、抗癌剤に縋って延命を試みながら生きるしかないと告げられた。

この十一月二十二日、二年半前に受けた抗癌剤に再び戻り、三十回目となる点滴を受けた。

抗癌剤は、癌だけでなく、他の健康な臓器にも影響を及ぼす劇薬であり、私の場合、肝蔵と腎臓も少し弱っていると診断された。

死を恐れつつ、急遽、上梓したこの歌集は、健康であった前半と癌患者となった後半に別々の人間が存在するような、そんな空気感がある。上手く表現できないが、対極的な二つの心があるような気がする。

歌集名を『新・志斐がたり』としたのは、私の歌に、繰言のような物憂げな影がちらつき始め、惰性のような淀みの気配が漂い始めたからである。後退著しい歌の数々をなぞりながら、せめて歌集名には、「新」を冠したいと思ったのである。

いなといへど強《し》ふる志斐のが強語《しひがたり》このごろ聞かずてわれ恋ひにけり
持統天皇〔巻三・二三六〕

天皇に話を聞いてくれと強いる老女と、相も変らぬ歌を詠み、巷間に撒き散らしている感じがする私との接点は、「強いる」ということだろう。

私にも、「このごろ聞かずてわれ恋ひにけり」と言ってくれる人がいないものだろうか。


「歌集製作途中で息絶えるかもしれない」

長年師事してきた雁部貞夫先生に、その旨を伝え、お力添えを頂くお約束を頂いた。

先生は、五十年前、ヒンドゥ・クシュ主稜で、パキスタン側から日本人初の登山活動をされ、サラグラール峰山群と、ブニ・ゾムを試登された登山家である。

若い日々には、王族の家などに滞在され、周辺の山々に登り、神秘と冷気を身の内に深く吸い込まれ、今も、そのまま在るような、大らかな風情をお持ちである。理屈下手だと自認され、技巧などにおもねることなく、写実を是とされる好ましき歌人である。

短歌結社「新アララギ」の代表であり、「斎藤茂吉を語る会」の会長でもあるご多忙な先生に、「校正も引き受けた」と、言って頂き、感謝の念で一杯である。

また、第二歌集に引き続き、第三歌集の出版をも、こころよく引き受け下さった砂子屋書房の田村雅之様に、深く感謝申し上げたい。

指に繰るたび、紙質にも印刷された文字にも、上梓の喜びに呼応する優しさが溢れている。

装丁を手がけてくださった倉本修様には、格別の感謝を申し上げたい。これで、二度目のお付き合いであるが、顔も声も知らないままであることが、却って、楽しいことに思われる。

さて、まだもう少し生きのびることができたら、そのあかつきには、『残・志斐がたり』の上梓を目論むことだろう。

その折にも、「強いて語るに相応しい人」でありたいと思う。

二〇一八年十二月一日

大下宣子

〔著者略歴〕

本名　大下宣子　旧姓　黒木宣子
一九四二年　岐阜県高山市に生まれる。

岐阜県立斐太高等学校卒業。野村證券に勤務の後、大下佳臣と結婚。一男二女の母。

二十三歳にて夫と共に起業し、製菓業、旅館業など、様々な職業を体験する。三十七歳にて、夫 死去。

四十歳頃より短歌を始め、「アララギ」の歌人 都竹豊治の指導を受ける。その後、新アララギに入会し、雁部貞夫に師事する。


著書に、随筆集『ポケットを押さえて』、小説集『飛驒高山奇譚』、第一歌集『志斐がたり』、第二歌集『続・志斐がたり』、第三歌集『新・志斐がたり』がある。


現在、長男 大下大吉に家業を委ね、「ステージフォー」を宣告された肺腺癌の療養中である。

「文苑ひだ」同人。短歌結社「新アララギ」会員。日本歌人クラブ会員。

平成三十年一月、高山市文化功労者の顕彰をうける。

歌集　新・志斐がたり

二〇一九年二月一五日初版発行

著　者　大下宣子
岐阜県高山市上一之町五三―二（〒五〇六―〇八四四）
電話　〇五七七―三四―五〇五三

発行者　田村雅之

発行所　砂子屋書房
東京都千代田区内神田三―四―七（〒一〇一―〇〇四七）
電話　〇三―三二五六―四七〇八　振替　〇〇一三〇―二―九七六三一
URL http://www.sunagoya.com

組　版　はあどわあく

印　刷　長野印刷商工株式会社

製　本　渋谷文泉閣